Unterwürfige Ehefrau

Erika Sanders
Serie
Herrschaft und erotische Unterwerfung

Zusammenfassung

Rachel und Roger sind ein normales Paar, das seit zwanzig Jahren verheiratet ist.

Ihre Kinder sind bereits auf dem College und leben alleine zu Hause.

Aber der Ehemann ist nicht zufrieden mit seinen sexuellen Beziehungen, die er langweilig findet, und beschließt, dass sie sich an einen ganz bestimmten Eheberater wenden sollten.

Wer ist dieser Eheberater, den Roger seiner Frau besonders empfiehlt, um ihre... sexuellen Techniken zu verbessern?

Unterwürfige Ehefrau ist ein Roman mit stark erotischem BDSM-Gehalt und wiederum ein neuer Roman aus der Erotic Domination-Sammlung, einer Reihe von Romanen mit hohem romantischen und erotischen BDSM-Gehalt.

(Alle Charaktere sind 18 Jahre oder älter)

Anmerkung zum Autorin:

Erika Sanders ist eine international bekannte Schriftstellerin, die in mehr als zwanzig Sprachen übersetzt wurde und ihre erotischsten Schriften, fernab ihrer üblichen Prosa, mit ihrem Mädchennamen signiert.

Index

UNTERWÜRFIGE EHEFRAU
ERIKA SANDERS

ERSTER TEIL:
20 Jahre Ehe

KAPITEL 1

Es war eine weitere Nacht mit langweiligem Sex.

Aber keiner von ihnen beschwerte sich.

Nach 20 Jahren Ehe war Sex mehr Routine geworden als alles andere.

Rachel ging wieder ins Bett, nachdem sie sich zwischen ihren Beinen gewaschen hatte.

Sie machte das Licht aus, ging unter die Decke und legte sich neben ihren Mann.

"Das war schön", sagte er.

"Es war", antwortete Roger. "Ein bisschen besser seit den Jungs, die aufs College gehen, oder?"

Sie stupste ihn mit ihrem Ellbogen an.

"Was für eine schreckliche Sache, die du sagst."

"Aber du musst zugeben, dass es gut ist, dass wir die Dinge nicht länger ruhig halten müssen. Und wir können die Tür offen lassen."

Rachel dachte einen Moment nach.

"Ich denke schon. Aber ich vermisse sie immer noch so sehr."

"Ich auch."

Sie schloss die Augen.

"Gute Nacht."

"Gute Nacht, Schatz", antwortete er und küsste sie auf die Stirn.

KAPITEL 2

Der nächste Tag war ein typischer Arbeitstag für Rachel.

Sie war Buchhalterin bei einer mittelständischen Wirtschaftsprüfungsgesellschaft.

Mit dem jüngsten Wirtschaftswachstum in der Innenstadt hatte er viel Arbeit für neue Kunden zu tun.

Während des Mittagessens aß sie mit derselben Gruppe von Frauen, die sie in den letzten Jahren gegessen hatte.

Sie sprachen über ihre üblichen Themen: Klatsch, Unterhaltungsnachrichten, Familie, ihre Kinder, neue Rezepte usw.

Sie waren alle beste Freunde und genossen immer die Gesellschaft des anderen.

Es war fast sechs Uhr nachmittags, als Rachel nach Hause kam.

Rogers Auto stand bereits in der Einfahrt.

Als er das Haus betrat, war es besonders ruhig.

Roger sagte immer schnell "Hallo".

Sie rief ihn an, bekam aber keine Antwort.

Als Rachel die Küche betrat, schlang ein Paar Arme von hinten um ihren Körper.

Seine Hände berührten lasziv seine Brust.

Sie schrie laut auf.

"Es ist in Ordnung!" sagte er und ließ sie los. "Ich bin es! Ich bin es!"

Er drehte sich schnell um und sah einen fassungslosen Ausdruck auf Rogers Gesicht.

Er hatte offensichtlich nicht erwartet, dass seine Frau so reagieren würde.

"Gott! Roger! Erschreckst du mich nie wieder so!"

"Wollte dich überraschen".

"Wie war das eine Überraschung?" sie war wütend. "Du hast mich bei Tageslicht erschreckt. Ich dachte, sie greifen mich an!"

"Entschuldigung. Ich habe nur versucht, romantisch zu sein."

"Es ist nichts Romantisches daran, so berührt zu werden."

"Entschuldigung. Ich werde es nicht wieder tun."

Rachel nahm sich einen Moment Zeit, um sich zu beruhigen.

"Ich wollte nicht so wütend werden. Es ist nur, bitte, etwas rücksichtsvoller über deine Überraschungen, okay?"

"Wir haben nie mehr Spaß. Hast du es bemerkt?"

"Bitte Roger, ich bin momentan nicht in der Stimmung dafür."

"Okay", stimmte er besiegt zu.

Rachel drehte sich um und ging ins Schlafzimmer, um sich umzuziehen.

Er setzte sich auf das Bett und seufzte.

KAPITEL 3

Der nächste Tag.

Rachel war am Computer und erledigte ihre Buchhaltungsarbeiten.

Sein Telefon klingelte.

Es war ihr Ehemann.

Sie nahm den Anruf entgegen und als Roger ihr sagte, dass es wichtig sei, sagte sie, sie solle einen Moment warten, während sie nach draußen ging, um mehr Privatsphäre zu haben.

Er fragte sich, worum es bei dem Anruf ging.

Roger rief selten an, während sie bei der Arbeit war.

Er nahm an, dass es nicht an ihrem gestrigen Kampf liegen konnte, weil er ihn in dieser Nacht bereits repariert hatte.

"Ja?" Er sagte, als er draußen war, weg von den anderen Mitarbeitern.

"Lass uns nächste Woche einen Ausflug machen", antwortete er unverblümt. "Es gibt einen ruhigen Ort, an dem wir in Küstennähe fahren können."

"Ich kann es wirklich nicht. Die Dinge sind gerade sehr beschäftigt mit meiner Arbeit."

"Meins ist auch so. Aber wir können ein Loch machen. Wir können nächsten Freitag gehen und das Wochenende bleiben. Nehmen Sie sich einfach einen Tag frei von der Arbeit."

"Aber das ist nicht nötig", antwortete sie und versuchte mit ihm zu argumentieren. "Ich bin nicht sauer auf dich. Haben wir das letzte Nacht nicht geklärt?"

"Es geht nicht um gestern. Es geht um unsere Ehe."

Diese Worte versetzten Rachel einen totalen Schock über den Rücken.

Er hatte immer angenommen, dass ihre Ehe stark war und dass sie Roger alles gab, was er jemals von einer Frau gewollt hatte.

"Ist unsere Ehe in Schwierigkeiten?" Sie fragte.

"Sprich nicht so. Aber es gibt einen Weg, unsere Ehe ... besser zu machen ..."

Ein weiteres Signal lief ihm über den Rücken.

"Worum geht es bei dieser Reise?"

"Ich denke, es gibt jemanden, der uns helfen kann."

"Ein Eheberater?" sie fragte überrascht.

Er blieb einen Moment stehen.

"Ja. So ähnlich. Ein Eheberater."

"Uns geht es nicht so schlecht, oder? Ich dachte ... ich dachte ..."

Rachels Stimme wurde erstickend und ihre Augen tränten.

"Wir machen nichts falsch", antwortete er und versuchte sie zu beruhigen. "Aber ich denke, wir können uns verbessern. Darüber habe ich eine Weile nachgedacht."

"Gut. Wenn du denkst, es ist das Beste."

"Danke Schatz. Es tut mir leid, dass ich dich bei der Arbeit angerufen habe. Es ist eine Last-Minute-Sache. Sie hatte eine Last-Minute-Stelle in ihrem Zeitplan und sie wollte sie ausnutzen."

Rachel hob eine Augenbraue.

"Sie? Ist der Berater eine Frau?"

"Ja."

"Was weißt du über diese Person? Warum müssen wir für sie so weit reisen?"

"Ich werde es später erklären. Aber sie hat einen einzigartigen Ruf. Und ich denke, sie wird Wunder für uns tun."

"Wenn du das willst, dann ist das in Ordnung."

"Ich bin froh, dass Sie dafür offen sind. Wir werden die Details heute Abend besprechen."

"Okay, tschüss."

"Auf Wiedersehen."

Der Anruf wurde beendet und Rachel war mit ihrem Telefon in der Hand verblüfft.

Eine Bombe war auf sie gefallen, aber sie erkannte, dass sie alles tun würde, um ihre Ehe stark zu halten.

KAPITEL 4

Einige Tage spater.

Rachel stand im Zimmer und faltete die Kleidung für die nächste Reise zusammen.

Sie wusste, dass das Wetter heiß werden würde, also packte sie die T-Shirts, Shorts, Sandalen und Badeanzüge, die Roger ihr mitbringen sollte, da sie nahe am Strand sein würden.

Sie wollte nicht gehen, nicht nur, weil die Idee sie Tausende von Dollar kosten würde, sondern weil sie viel Zeit an ihrem Arbeitsplatz verbringen musste, und dieser verschwendete Tag würde ein Tag sein, den sie wieder gutmachen musste.

Aber wenn dies das Beste für seine Ehe war, dann wollte er nicht darüber streiten.

Was ihn am meisten störte, war, dass Roger in Bezug auf die Eheberatung ungewöhnlich kurz und vage war.

In all ihren Ehejahren waren sie immer offen für alles gewesen.

Es hatte nie irgendwelche Geheimnisse gegeben.

Es gab nie Lügen.

Deshalb war ihre Ehe so erfolgreich.

Bis jetzt...

Er fragte sich lange, warum Roger einen Berater sehen wollte.

Was passiert mit unserer Ehe?

Ich fand alles in Ordnung.

Ich fand alles perfekt zwischen uns.

Ist es Sex?

Bin ich nicht mehr gut genug

Willst du noch jemanden?

Hat er eine Affäre?!

Der Koffer war fast voll.

Alles was noch passen musste war der Badeanzug.

In ihrem Schrank war ein altes Paar.

Was sie seit Jahren nicht mehr benutzt hatte.

Er zog sich vor dem Spiegel aus.

Sie sah seinen nackten Körper an.

Die leichten Linien in seinem Gesicht waren gewachsen.

Ihre zuvor sehr frechen Brüste hatten begonnen zu hängen.

Seine Hüften wurden trotz der Aerobic-Übungen dicker.

Die Wahrheit ist, es ist kein Wunder, dass Roger einen Berater sehen möchte.

Sie zog ihren Badeanzug an und posierte damit vor dem Spiegel.

Das wird dir gefallen.

In diesem Moment verließ Roger sein Heimbüro und näherte sich Rachel mit einem Stirnrunzeln.

"Was geschieht?" sie fragte, immer noch in ihrem Badeanzug.

"Ich habe gerade mit meinem Chef telefoniert. Einer unserer Kunden hat gerade eine Klage in Höhe von mehreren Millionen Dollar erhalten. Ich kann diese Reise nicht mehr machen."

Sie sah ihm in die Augen und wusste, dass Roger die Wahrheit sagte.

Ein Hoffnungsschimmer kam Rachel in den Sinn.

Ich war froh, dass die Reise wahrscheinlich abgesagt wurde.

"Das ist sehr schlimm", antwortete sie. "Bedeutet das, dass die Reise abgesagt wird?"

"Es macht keinen Sinn, die gesamte Reise abzusagen, da ich bereits für die Flüge und die Beratungsvereinbarungen bezahlt habe. Sie sollten alleine gehen."

Sie war überrascht.

"Soll ich einen Eheberater alleine sehen? Was bringt das?"

Der Seufzer.

"Rachel, ich liebe dich so sehr. Ich liebe dich mehr als alles andere. Du bist die Liebe meines Lebens."

"Oh Gott, du hast eine Affäre. Bist du nicht? Es gibt noch jemanden, richtig?"

"Nein, das ist nichts dergleichen", sagte er nachdrücklich. "Ich würde dich niemals betrügen. Ich habe es nie getan und ich werde es niemals tun."

"Also, was ist los? In den letzten Tagen warst du bei dieser Reise sehr schwer fassbar. Du warst noch nie so zurückhaltend."

Er seufzte erneut und schüttelte den Kopf.

"Es tut mir leid. Ich war nicht ganz ehrlich zu dir. Ich denke, ich bin nicht so mutig wie ich dachte."

"Sag mir was es ist?"

"Vertraust du mir?"

"Natürlich tust du das. Wenn du eine Affäre hast, sag es mir einfach. Wir können es klären."

"Ich habe keine Affäre, Rachel. Aber ich denke, es muss Änderungen in unserer Ehe geben."

"Bin ich nicht mehr gut genug?" Sie fragte.

"Hör auf so etwas zu sagen. Du bist meine Frau. Ich liebe dich mehr als alles andere."

"Also warum bist du nicht ehrlich zu mir?" gefordert.

Er schüttelte den Kopf.

"Ich versuche ehrlich zu sein. Aber ich kann nicht. Das ist nicht einfach. Vertrau mir, ich wünschte, alles wäre einfach."

"Ich verstehe dich nicht mehr, Roger."

Eine Traurigkeit erschien auf seinem Gesicht.

"Kannst du mir versprechen, dass du noch gehst? Ich weiß, dass es schwer ist, so zu gehen, aber ich würde nicht fragen, wenn ich nicht dachte, dass es helfen könnte, unsere Ehe zu retten."

"Glaubst du, unsere Ehe muss gerettet werden?" sie fragte, Tränen in ihren Augen.

"Bitte mach das nicht schwieriger, Rachel. Kannst du mir versprechen, dass du alleine gehst? Ich möchte, dass du die Beraterin triffst und hörst, was sie zu sagen hat. Hör einfach zu, und wenn es dir nicht gefällt, dann komm nach Hause. Bitte, Ich bitte dich ".

Tränen liefen ihr bereits über das Gesicht.

Rachel verschluckte sich an ihnen und konnte kaum sprechen.

Dann legte sie ihre Arme um ihren Ehemann und umarmte ihn fest.

Er würde seine Ehe nicht verlieren, also war es egal, was es kostete.

ZWEITER TEIL:
Lady Samantha und Frau

KAPITEL 5

Rachel entdeckte einen gut gekleideten Mann, nachdem sie das Flughafenterminal mit ihrem Gepäck verlassen hatte.

Der Mann hielt ein Schild mit seinem Namen darauf.

Sie sprachen und bestätigten die Identität beider.

Sie stieg für ungefähr dreißig Minuten in ihr Luxusauto, bis sie ihr Ziel erreichten.

Sie hoffte, zu einem Bürogebäude zu gelangen.

Aber er war überrascht zu sehen, dass das Ziel tatsächlich ein großes Haus in der Nähe des Strandes war, das eher wie ein Herrenhaus aussah.

Der Besitzer des Ortes war eine sehr reiche Person.

Und der Besitzer war definitiv kein gewöhnlicher Eheberater.

Das Auto hielt in der Einfahrt an.

Der Fahrer ging zum Kofferraum, um das Gepäck zu holen.

In diesem Moment öffnete sich die Haustür der Villa am Strand und eine große, statuenhafte Frau tauchte auf.

Sie sah umwerfend aus, Mitte dreißig, mit langen, welligen Haaren und einem vorbildlichen Körper.

"Du musst Rachel sein", lächelte die Frau. "Ich habe wundervolle Dinge über dich gehört."

"Das bin ich. Und du?"

"Samantha. Willkommen in meinem Haus."

Die beiden Frauen gaben sich herzlich die Hand.

"Was für ein wunderschöner Ort. Ich hatte so etwas sicherlich nicht erwartet."

"Die meisten Leute tun es nicht. Es ist schade, dass Ihr Mann nicht kommen konnte."

"Kennst du meinen Mann?" Fragte Rachel.

"Ich bin geschäftlich viel mit meinem Vater unterwegs und habe Ihren Mann mehrmals gesehen. Aber darüber können wir später mehr sprechen. Ich bin sicher, Sie sind erschöpft. Lassen Sie mich Ihnen zuerst Ihr Zimmer zeigen."

Samantha führte Rachel in Begleitung des Fahrers die Treppe des Herrenhauses hinauf zum Gästezimmer.

Der Fahrer stellte das Gepäck ins Schlafzimmer und ging dann.

Rachel war in einem ständigen Zustand des Staunens, als sie die Villa betrachtete.

Er konnte nicht herausfinden, wie viel das alles wert sein würde.

"Ich lasse dich duschen und dich ausruhen", sagte Samantha. "Die Handtücher sind im selben Badezimmer. Kommen Sie gegen sechs Uhr nachmittags an den Strand. Wir können gemeinsam den Sonnenuntergang beobachten und frischen Fruchtsaft trinken."

"Das klingt köstlich".

Samantha lächelte.

"Bis dann".

KAPITEL 6

Rachel duschte kalt und entspannte sich.

Das Gästezimmer im Haus war besser als jedes Zimmer in einem luxuriösen Hotel, in dem er jemals gewohnt hatte.

Alles war Luxus und Klasse pur.

Er fragte sich, was Roger geplant hatte.

***

Sechs Uhr kam und Rachel kam die Treppe herunter, lässig gekleidet für das warme Wetter, in dem sie waren.

Er ging zum Strand und fand, dass die Aussicht wunderschön war.

Er hatte vergessen, wie schön das Meer sein konnte, besonders während eines Sonnenuntergangs.

Er sah Samantha dort stehen und den Blick auf den Ozean bewundern.

"Sie sind so glücklich, dies jeden Tag genießen zu können", sagte Rachel.

"Tatsächlich."

"Also, was genau machst du hier?"

"Was hat Roger dir gesagt?"

"Leider nicht viel. Nur, dass Sie eine Art Eheberater sind. Aber wie es aussieht, bin ich mir nicht mehr ganz sicher, ob das der Fall ist."

"Ich mache verschiedene Dinge", antwortete Samantha. "Ich mache einige Immobilien- und Jobentwicklungen im Namen meines Vaters. Aber ich mache auch Gefälligkeiten für Menschen. Gefälligkeiten, die ich wirklich gerne anbiete."

"Wie? Eheberatung?"

Samantha zeigte ein schönes Lächeln.

"Das kannst du auch sagen."

"Warum sind alle so faul? Gibt es ein Geheimnis, das ich nicht wissen sollte?"

"Wenn du die Wahrheit wissen willst, habe ich im Laufe der Jahre vielen Paaren geholfen. Geld ist mir egal. Ich mache es zum Vergnügen. Ich helfe gerne."

"Und wie genau helfen Sie diesen Paaren?" Fragte Rachel.

"Wie denkst du? Was ist die Basis einer guten Beziehung?"

"Liebe", antwortete Rachel.

"Sex", zwinkerte Samantha. "Ich helfe Paaren, Sex für sie arbeiten zu lassen."

Rachel war zutiefst geschockt, aber sie ließ sich nicht von ihrem Gesicht zeigen.

Sie war überrascht, dass ihr liebevoller Ehemann von zwanzig Jahren daran dachte, als sie ihm von ihr erzählte.

"Also bist du ein Sexualtherapeut?"

"Ich mag keine Labels", antwortete Samantha. "Aber ich weiß viel über Sex. Ich weiß, was die Leute mögen und wie es verbessert werden kann. Es ist ein natürliches Talent, das ich habe."

"Ich denke nicht, dass das für mich richtig ist. Danke für die freundliche Gastfreundschaft, aber ich sollte gehen. Ich werde den nächsten Flug nach Hause nehmen."

"Du bist gerade angekommen".

"Ich weiss aber..."

"Roger hat mich gewarnt, dass du dir darüber Sorgen machen würdest."

"Hast du mit ihm geschlafen?" Fragte Rachel unverblümt.

"Nein. Vertrau mir, dein Ehemann ist ein treuer Mann. Ich habe ihn nur einmal angesehen und wusste, dass sein Sexualleben sehr schlecht war. Als ich eine Gelegenheit in meinem Zeitplan fand, machte ich deinem Ehemann ein Angebot."

Rachel kniff die Augen zusammen.

"Ja, im Austausch für mehrere tausend Dollar des Geldes meines Mannes, richtig?"

"Wie ich schon sagte, Geld bedeutet mir nichts. Schauen Sie sich um, ich brauche das Geld Ihres Mannes nicht. Aber wenn ich keine Leute in Rechnung stelle, wird eine lange Reihe von Männern vor meiner Tür warten, um kostenlosen Service zu erhalten. . "

"Nun, danke für die Gastfreundschaft. Ich möchte Ihre Zeit nicht verschwenden. Dies ist nichts für mich. Ich werde den nächsten verfügbaren Flug nehmen."

Samantha nickte.

"Das ist vollkommen verständlich. Sie können so lange hier bleiben, wie Sie möchten. Mein Fahrer wird Sie mitnehmen, wann Sie wollen. Ich werde das Geld so schnell wie möglich an Ihren Ehemann zurückgeben."

"Dankeschön."

"Viel Glück mit deiner Ehe", sagte Samantha und wandte ihre Aufmerksamkeit wieder der untergehenden Sonne zu.

Rachel hielt einen langen Moment inne.

"Was weißt du über meine Ehe?"

"Ihr Mann wollte das aus einem bestimmten Grund. Ich weiß also, dass Ihr Sexualleben unglaublich langweilig und eintönig sein muss."

"In der Ehe steckt mehr als nur Sex. Wir lieben uns. Wir sind großartige Partner im Leben."

"Sag dir das immer wieder", antwortete Samantha. "Ihr Mann hat offensichtlich das Gefühl, dass etwas in Ihrer Beziehung fehlt. Aber wenn Sie denken, dass alles perfekt ist, können Sie gehen."

Rachel machte noch eine lange Pause.

"Wenn ich hier bleibe, meine ich, was wird in den nächsten Tagen passieren? Was werde ich hier tun?"

"Wenn du bleibst, werde ich dir die Freuden der Herrschaft und Unterwerfung beibringen. Das ist meine Spezialität. Jemand wie Roger muss sich als der Mann in der Beziehung fühlen. Ich kann dir beibringen, wie man ihm richtig dient."

"Klingt ein bisschen grob."

"Der Sex ist roh. Aber er ist auch wunderschön. Wann hattest du das letzte Mal einen umwerfenden Orgasmus? Die Art, die eine Pfütze zwischen deinen Beinen hinterlässt."

"Ich erinnere mich nicht", antwortete Rachel. Jahre. Vielleicht mehr.

"Armes Ding. Aber ich kann das beheben. Ältere Frauen, insbesondere Frauen, sind eine Spezialität von mir."

"Wir werden nicht ... weißt du ..."

"Wir werden. Wir werden alles zusammen machen."

"Das kann ich nicht", antwortete Rachel. "Das ist verrückt. Ich habe noch nie etwas mit einer anderen Frau gemacht."

"Betrachten Sie dies als eine Lernerfahrung. Außerdem ist es nicht verrückt, wenn Ihr Mann denkt, dass es vorteilhaft ist."

"Sie sind sicherlich sehr aufgeregt über dieses ganze Projekt."

Samantha lächelte.

"Du solltest es auch sein."

"Was nun?"

"Jetzt gehe ich wieder hinein, um mich für das Abendessen fertig zu machen. Mein Koch macht etwas Leckeres. Wenn du bleiben willst, komm zu mir zum Abendessen. Wenn du gehen willst, sprich mit meinem Fahrer."

"Ich möchte bleiben."

"Das Abendessen sollte bald fertig sein. Wir können uns besser kennenlernen. Morgen beginnt der wahre Spaß."

Samantha lächelte erneut.

Dann drehte er sich um und betrat seine große Villa.

KAPITEL 7

Der nächste Tag.

Ein kleiner Teil des Personals servierte ihnen das Frühstück im Freien.

Alles wurde richtig erledigt.

Das Essen war frisch zubereitet.

Die beiden Frauen genossen die Gesellschaft des anderen, während sie frühstückten.

"Daran kann ich mich wirklich gewöhnen", scherzte Rachel.

Samantha zwinkerte ihm zu.

"Wer kocht normalerweise in Ihrem Haus? Ich denke, Sie sind es. Sie scheinen eine sehr domestizierte Frau zu sein."

"Ich bin auf altmodische Weise erzogen worden. Ich komme aus einer langen Reihe weiblicher Hausfrauen."

"Typisch. Sie haben diesen klassischen konservativen Look."

"Ich höre ihm viel zu", sagte Rachel achselzuckend. "Aber aus gutem Grund. Ich liebe es, auf meine Familie aufzupassen. Ich liebe es, die ideale Mutter und Frau für sie zu sein."

Samantha nickte.

"Ich bin sicher, Roger schätzt alles, was Sie rund um das Haus tun."

"Das tut es", antwortete Rachel. "Ich bin sehr glücklich, das zu haben. Die meisten Ehemänner schätzen die Arbeit ihrer Frauen für sie nicht."

"Belohnt Roger dich? Erlaubt er dir, seinen Schwanz zu lutschen?"

"Es tut uns leid?"

"Lässt Roger dich seinen Penis lutschen, als du ein gutes Mädchen warst?"

Rachel war überrascht von dem schlüpfrigen Gespräch während des Frühstücks, besonders vor dem Personal.

Schamloses Reden über Sex schien immer geschmacklos gewesen zu sein.

"Ich glaube nicht, dass es dich etwas angeht", antwortete Rachel.

"Ist das nicht richtig? Ich dachte du wolltest meine Hilfe."

"Ich denke, aber ..."

"Seien Sie ehrlich. Wir sind beide erwachsene Frauen. Und meine Mitarbeiter sind sehr diskret. Ich versuche nur, Ihnen zu helfen."

Rachel seufzte leicht.

"Ich mache es nur manchmal für ihn. Ich mache es nicht wirklich gerne."

"Also, worum geht es in deinem Sexleben mit Roger? Klettert er auf dich, gibt dir ein paar Schaukeln und kommt dann zum Abspritzen?"

"Grundsätzlich."

Samantha hätte fast gelacht.

"Das ist kein großartiges Sexleben. Es klingt eher nach einer Formalität."

"Es funktioniert bei uns."

"Offensichtlich nicht. Roger will dich aus einem bestimmten Grund hier haben. Ich hasse es, dir die Neuigkeiten mitzuteilen, aber Roger ist ein normaler, geiler Junge. Er liebt Sex. Und er liebt es, Blowjobs zu bekommen. Aber er ist zu schüchtern, um seine süße kleine Frau um einen Gefallen zu bitten extra ".

"Du bist anmaßend."

Samantha hob eine Augenbraue.

"Bin ich das? Hat Roger jemals Sex abgelehnt? Sieht er jedes Mal wie ein Highschool-Junge aus, wenn Sie seinen Schwanz lutschen? Sie wissen, dass ich Recht habe. Alle Männer sind gleich, wenn es um Sex geht."

"So bin ich nicht aufgewachsen", sagte Rachel nach einer langen Pause. "Du hast wahrscheinlich Recht mit Roger. Aber ich weiß nicht mehr, wie ich ihm gefallen soll."

Samantha schnippte mit den Fingern und jemand vom Personal brachte ein Sexspielzeug auf ein silbernes Tablett.

Samantha hob es auf und das Personal ging.

Das fleischfarbene Sexspielzeug war wie der Penis eines Mannes geformt.

"Es ist erstaunlich, wie realistisch diese Spielzeuge für Erwachsene geworden sind", sagte Samantha und hielt sie verwundert hoch.

Obwohl sie draußen waren, schien es Samantha nichts auszumachen, einen Dildo zu halten.

Rachel fühlte sich etwas unwohl, obwohl sonst niemand da war.

"Hast du keine Angst, dass jemand vorbeikommt und dich damit sieht?" Fragte Rachel.

"Es ist völlig legal, ein Sexspielzeug im Staat zu haben."

Rachel nickte verlegen.

"Du hast recht."

"Es ist auch nichts Falsches daran, einen zu küssen."

"Was meinen Sie?"

Samantha schüttelte den Dildo leicht.

"Mach schon, gib ihm einen kleinen Kuss."

"Warum?"

"Ich bin neugierig, wie du mit einem Penis im Mund aussiehst."

Rachel sah nervös aus, als Samantha ihr den Dildo reichte, der auf ihr Gesicht zeigte.

Sie stellte sich vor, dass Streiten nutzlos wäre.

Sie war Gast in einem luxuriösen Zuhause.

Sie wusste, dass es unhöflich sein würde, die Anfrage abzulehnen.

Er beugte sich über den Tisch vor und küsste den Kopf des Dildos.

"Jetzt öffne deine Lippen", sagte Samantha. "Nimm es rein."

Rachel fühlte sich unwohl, tat es aber trotzdem.

Sie ließ das Sexspielzeug in ihren Mund gleiten.

Samantha begann den Dildo in Rachels Mund zu schieben und zu ziehen, um Oralsex zu simulieren.

"Ist das alles?", Sagte Samantha und beobachtete sie aufmerksam. "Saugen Sie es. Alles so. Stellen Sie sich vor, es ist Rogers."

Als ich diese Worte hörte, entzündete sich in Rachel ein Feuer.

Sie saugte härter, schneller und härter.

Sie fing tatsächlich an, Oralsex mit dem Dildo zu machen.

Bevor Rachel weitermachen konnte, nahm Samantha den Dildo aus ihrem Mund und Rachel lehnte sich in ihrem Sitz zurück.

"Nicht schlecht", sagte Samantha. "Aber deine Saugfähigkeiten könnten sich ein bisschen verbessern. Wir werden später daran arbeiten. Ich denke, Roger wird sehr glücklich sein, wenn du nach Hause kommst."

"Ich hoffe es", errötete Rachel.

Samantha lächelte.

"Wir haben einen langen Trainingstag vor uns. Lassen Sie uns unser Frühstück beenden und unsere Zeit nutzen."

Sie gingen wieder zum Frühstück.

Rachel sah auf ihr Essen hinunter, dachte aber immer noch an Samanthas letzte Worte.

Ausbildung? Was zum Teufel meinte er damit?

KAPITEL 8

Samanthas Schlafzimmer bestand aus einem großen, geräumigen Bereich.

Und es war einfach, aber elegant.

Die Möbel sahen rustikal und teuer aus.

Der Balkon war offen und hatte einen perfekten Blick auf das Meer.

"Ihr Mann hat mir Ihre Größe und Maße mitgeteilt", sagte Samantha. "Also habe ich dir einen neuen Kleiderschrank gekauft."

In der Mitte des Raumes stand ein Koffer.

Samantha öffnete es und enthüllte eine große Auswahl an Kleidungsstücken, von denen die meisten sehr aufschlussreich waren, und eine große Auswahl an Unterwäsche.

Rachel war verblüfft.

"Ist das alles für mich?"

"Alles in diesem Koffer ist für dich. Ich habe dir auch ein neues Make-up-Set gekauft."

"Was ist los mit meinem Make-up?"

"Nichts, wenn Sie ein Buchhalter sind", antwortete Samantha. "Aber wenn Sie Ihrem Mann eine konstante Erektion geben wollen, müssen Sie sich etwas mehr anstrengen."

"Roger mag es, wie ich ihn mag."

"Du bist eine sehr hübsche Frau. Ich bin sicher, Roger hält dich für die schönste Frau der Welt. Aber manchmal wollen Männer nur eine schmutzige Hure im Schlafzimmer. Das sind die Fakten."

Rachel machte eine Pause.

"Ich bin nicht mehr gerade eine junge Frau."

"Es ist absolut nichts falsch mit Frauen in deinem Alter. Jeder liebt ältere Frauen. Ich verehre ältere Frauen."

"Also was machen wir?"

"Es ist gut, eine richtige primitive Hausfrau zu sein. Aber es ist auch gut, ab und zu eine schmutzige kleine Schlampe im Schlafzimmer zu sein. Das werde ich dir beibringen."

Rachel holte tief Luft.

"Gut. Ich bin offen für alles, was du zu sagen hast."

"Gut. Jetzt zieh dich aus."

"Entschuldigung?"

"Zieh dich aus. Zieh dich aus. Alles."

"Warum?"

"Ich dachte du sagtest du bist offen", sagte Samantha mit einer hochgezogenen Augenbraue. "Wenn du meine Hilfe willst, dann hör zu, was ich zu sagen habe."

Rachel war bereits klar, dass das Streiten mit Samantha niemals eine gewinnbringende Strategie war.

Sie holte tief Luft, um ihren Mut zu fassen, und zog zögernd ihre Kleidung aus, faltete jedes Kleidungsstück vorsichtig zusammen und legte es auf das nahe gelegene Bett.

Es war ein bisschen peinlich für Rachel, sich vor Samantha auszuziehen, da ihr Körper alterte und Samantha sehr jung und fit war.

Aber Rachel sagte sich, es sei, als würde sie sich vor dem Arzt ausziehen.

Samantha hatte wahrscheinlich viele nackte Frauen in ihrem Alter gesehen.

Sie hat alles gesehen.

Wenn diese Reise vorbei ist, werde ich sie nie wieder sehen müssen.

Wen kümmert es also, wenn sie mich nackt sieht?

Sie zog sich alle Kleider aus und am Ende war Rachel vor einer viel jüngeren und attraktiveren Frau völlig nackt.

"Sehr weiblich und wunderschön", sagte Samantha mit einem kleinen Hinweis, als sie nickte.

"Also denkst du?"

"Wie ich schon sagte, ich verehre ältere Frauen. Und ich liebe Hausfrauen. Ich denke, Sie sind äußerst attraktiv."

Rachel zuckte die Achseln.

"Und was kommt als nächstes?"

"Folge mir."

Samantha führte Rachel zur Kommode.

Rachel saß vor dem großen Spiegel und einem Tisch voller Markenschönheitsprodukte.

Sie sahen beide Rachels oben ohne Spiegelbild im Spiegel an.

Also wischte Samantha mit einer feuchten Serviette Rachels Make-up ab, bis ihr Gesicht sauber war.

Die Falten und Alterslinien auf Rachels Gesicht waren deutlicher geworden.

"Du hast so eine natürliche Schönheit, Rachel. Du bist so hübsch."

"Dankeschön."

"Aber wir interessieren uns im Moment nicht für Schönheit", sagte Samantha. "Wir interessieren uns für sexy. Bist du bereit dafür, Rachel?"

"Ich glaube schon."

"Lasst uns beginnen."

Samantha machte sich sofort an die Arbeit, um die Kosmetik aufzutragen.

Sie trug gekonnt eine Schicht Rouge, Lidschatten, Mascara, Eyeliner und einen hellen roten Lippenstift auf.

Sekunde für Sekunde beobachtete die zurückhaltende Hausfrau, wie sich ihr Aussehen veränderte.

Als sie fertig war, konnte Rachel sich kaum wiedererkennen.

"Wie wäre es mit?" Fragte Samantha stolz auf ihre Arbeit.

"Es sieht aus ... es sieht aus ... interessant ..."

Samantha tätschelte der Frau die Schultern.

"Du wirst dich daran gewöhnen. Denk nur daran, das ist nur für dich und Roger. Nicht für andere."

"Ich verstehe es."

"Jetzt lass uns dich anziehen, okay?"

Rachel stand auf und folgte Samanthas Schritt in den großen Raum.

Samantha griff in den Koffer und zog eine dünne rote Robe heraus.

"Probier das an", sagte Samantha. "Und sieh dich im Spiegel an."

Rachel betrachtete ihr nacktes Spiegelbild im Spiegel, als sie ihren Bademantel anzog.

Es war spärlich, dünn und klein.

Vor allem war es halbtransparent.

Die Farbe ihrer Brustwarzen und Schamhaare war vollständig sichtbar.

"Es ist ein bisschen aufschlussreich, nicht wahr?" Rachel sprach aus, was offensichtlich war.

"Das ist die Idee. Wenn du zu Hause bist, möchte ich, dass du das immer für Roger trägst. Es wird eine glücklichere Ehe."

"Soll ich immer praktisch nackt sein?"

"Denk darüber nach, würde Roger mit dir streiten, während deine Brustwarzen freigelegt sind?"

"Das ist sicherlich eine lustige Art, Dinge zu betrachten", antwortete Rachel mit einem Kichern.

Samantha lächelte.

"Ich habe im Laufe der Jahre vielen Paaren geholfen. Vertrauen Sie mir, ich weiß, wovon ich spreche."

Die beiden Frauen lächelten sich spielerisch an, bevor sie weitere Outfits anprobierte.

KAPITEL 9

Später an diesem Tag.

Rachel war in einem Zustand tiefer Entspannung.

Ich war allein mit einer ausgebildeten Masseuse im Spa-Raum.

Ihre Gedanken wanderten weg, als ihr Rücken eine fachmännische Massage bekam.

Es war Glückseligkeit.

"Ich bin froh, dass du Spaß hast", sagte Samantha und betrat das Spa.

"Das ist himmlisch."

"Eine gute Massage ist immer himmlisch. Es tut mir leid, Sie zu unterbrechen, aber ich habe gerade mit meinem Vater telefoniert. Etwas ist passiert."

Rachel setzte sich auf, um die Nachrichten zu hören.

Ihre Brüste zeigten sich, aber es war ihr egal.

"Alles ist gut?" Sie fragte.

"Alles ist in Ordnung. Aber mein Vater hat ein wichtiges Abendessen mit mehreren seiner Geschäftspartner, und er möchte, dass ich mich ihm anschließe. Er möchte, dass ich Bescheid weiß. Außerdem bin ich großartig darin, Gäste zu unterhalten."

"Ich sollte gehen?" Fragte Rachel und fürchtete heimlich das Schlimmste.

"Nein, nein. Aber ich bin mir nicht sicher, wann ich zurück sein werde, also mach es dir bei mir bequem. Ich habe das Personal bereits angewiesen, dir ein schönes Abendessen zu machen. Mach danach, was du willst. Es gibt Bücher, Filme, Musik, Was auch immer Sie wollen. Meine Mitarbeiter helfen Ihnen bei allem, was Sie brauchen."

"Danke, Sie sind sehr freundlich."

Samantha hob eine Augenbraue.

"Wenn Sie Lust auf etwas Provokativeres haben, probieren Sie die DVD-Sammlung in meinem Zimmer aus. Wer weiß, vielleicht sehen Sie etwas, das Ihnen gefällt."

"Ich werde das im Hinterkopf behalten", antwortete Rachel, unsicher, wie sie die Anspielung interpretieren sollte.

"Viel Spaß. Ich werde versuchen, bald wiederzukommen."

"Du hast eine gute Nacht."

Samantha lächelte böse und ging.

KAPITEL 10

In derselben Nacht.

Das luxuriöse Herrenhaus sah ohne seinen Besitzer etwas langweilig aus.

Nach einem frühen Abendessen beobachtete Rachel den Sonnenuntergang und erkundete das Haus noch einmal.

Er warf einen Blick auf das, was er für die Heimkino- und Musiksammlung hatte, aber nichts interessierte ihn sehr.

Jetzt sah er im Wohnzimmer fern.

Die Nachrichten waren das einzige, was ihn interessierte.

Er fragte sich, wie es Roger ging.

Sie fragte sich, ob Roger sie vermissen würde.

Langeweile kam.

Es war elf Uhr nachts und Rachel beschloss, ins Bett zu gehen.

Auf dem Weg zu seinem Zimmer kam er an Samanthas Zimmer vorbei.

Die Tür stand weit offen.

Das Angebot, ihre privaten DVDs anzusehen, war Rachel noch in den Sinn gekommen.

Warum nicht?

Sie lud mich in ihr Zimmer ein, um nachzuschauen.

Rachel betrat das Hauptschlafzimmer und ging zum großen Fernseher.

Die DVDs waren nicht schwer zu finden.

Es gab mehr als 200 DVDs, schätzte er.

Alle DVDs waren hausgemacht.

Auf jeder DVD stand ein Name und ein Datum.

Rachel schaltete den Fernseher und den DVD-Player ein.

Sie wählte eine zufällige DVD mit dem Titel: Joseph 03-07-2018

Die DVD begann und Rachel setzte sich auf das Bett.

Sie war überrascht von dem, was sie sah.

Ein nackter Mann erschien auf dem Bildschirm.

Er war mittleren Alters und in normaler Verfassung.

Er hatte das Gesicht eines erfolgreichen Geschäftsmannes.

Sein Penis war klein und schlaff.

Er sah schüchtern aus.

Er sah direkt in die Kamera.

Er stand in einem Gästezimmer.

Der Mann gab seinen Namen, sein Alter und seinen Beruf als Immobilienentwickler an.

Die Szene fühlte sich sehr seltsam an und machte Rachel extrem unangenehm.

Er konnte nicht verstehen, warum Samantha so eine DVD haben würde.

Rachel stand auf und wollte gerade die DVD ausschalten, als sie plötzlich Samanthas Stimme aus dem Fernseher hörte.

Er fing an, den nackten Mann herumzukommandieren.

Rachel setzte sich wieder hin, um weiterzusehen.

Der nackte Mann auf dem Bildschirm streichelte sich.

Sein kleiner Penis wurde etwas größer und steifer.

Der Mann kniete nieder, als Samanthas Stimme ihn befahl.

Samantha erschien auf dem Bildschirm und Rachel schnappte fast nach Luft.

Samantha erschien in dem Video in einem engen Lederkorsett und zeigte ihre Arme und Beine.

Zwischen Samanthas Beinen war ein langer Dildo festgeschnallt, der mindestens 20 cm lang gewesen sein musste.

Samantha stand vor dem knienden Mann und der Mann begann begeistert den Penis aus dem Gürtel zu saugen.

Das einzige, was Rachel tun konnte, war fast geschockt zu starren.

Ich war völlig ungläubig, dass Samantha so etwas mit einem Mann machen würde.

Ihr Instinkt sagte ihr, sie solle die DVD ausschalten, aber sie konnte nicht.

Der Bildschirm war hypnotisch geworden.

In dem Video befahl Samantha dem Mann, aufzustehen und sich über das Bett zu beugen.

Er tat es mit Begeisterung.

Samantha trug dann eine große Menge Schmiermittel auf das Sexspielzeug auf und stellte sich hinter den Mann.

Rachel schnappte nach Luft, als sie sah, wie Samantha in den Mann eindrang.

Es war alles, was Rachel ertragen konnte.

Er stand auf und schaltete die DVD aus.

Als er die DVD wieder in die Sammlung einbaute, sah er ein weiteres Video mit der Bezeichnung Anna 05-23-2019.

Es wurde erst vor wenigen Monaten aufgenommen und die Protagonistin muss eine Frau gewesen sein.

Rachel war neugierig, spielte das Video ab und setzte sich wieder aufs Bett.

Das Video zeigte eine reife, nackte Frau.

Die Frau war Anfang fünfzig.

Offensichtlich eine Hausfrau.

Das Video wurde ebenfalls im selben Raum aufgenommen, aber diesmal hielt Samantha die Kamera in der Hand und sprach mit der Haushälterin.

Samantha befahl der Frau, sich zu knien und in Samanthas Muschi zu kriechen.

Die Frau führte gekonnt Oralsex an Samanthas glatt rasierter Muschi durch.

Rachel war überwältigt von der Lust, Samanthas privates Sexvideo zu Hause zu sehen.

Er griff nach unten und berührte sich, als er zusah.

Sie fing an mit ihrer Muschi zu spielen.

Lesbismus und Unterwerfung waren nie ihre Fantasien, aber Samanthas Heimvideos hatten etwas Faszinierendes.

Rachel rieb sich weiter die Muschi, bis das Video endete.

Dann spielte er ein weiteres Video, diesmal von einem Paar.

Die Zeit verging wie im Fluge und Rachel hatte bereits ein paar weitere Videos gesehen.

Sie kam kraftvoll und schaute sich hausgemachte Pornos an.

Es war lange her, dass sie einen so guten Orgasmus gefühlt hatte.

Sie schloss die Augen, um sich eine Weile auszuruhen.

* * *

Rachel erwachte mit dem Gefühl eines Fingers, der ihre Haut rieb.

Seine Augen weiteten sich.

Es war noch Nacht.

Sie sah auf und sah Samantha mit einem Lächeln im Gesicht über sich stehen.

"Ich sehe, du hast meine Sammlung genossen", lächelte Samantha.

Rachel bedeckte schnell ihre Muschi.

"Oh Gott. Es tut mir so leid. Ich muss eingeschlafen sein."

"Es gibt nichts, worüber man sich entschuldigen müsste. Sie haben etwas gefunden, das Ihnen gefällt. Jetzt sind wir bereit für den nächsten Schritt."

Beide Frauen sahen sich in die Augen.

Es gab einen kurzen Moment der Stille zwischen ihnen.

Und es gab auch ein ruhiges Verständnis dafür, dass die Dinge viel interessanter werden würden.

DRITTER TEIL:
Sklaverei ist unser Vergnügen

KAPITEL 11

Das Frühstück war für Rachel am nächsten Morgen fast unangenehm.

Es war das erste Mal in ihrem Leben, dass sie beim Masturbieren erwischt wurde.

Ich hatte ein Gefühl der Schande und des Unbehagens.

"Sie müssen viele Fragen haben", sagte Samantha.

"Etwas."

"Sei nicht schüchtern. Lass uns auf dich hören."

"Was genau hast du in diesen Videos gemacht?" Fragte Rachel.

"Unterschiedliche Menschen haben unterschiedliche Fetische. Das ist eine Tatsache der menschlichen Sexualität. Ich biete einfach einen Dienst für diese Fetische an."

"Bist du eine Art Domina oder wie auch immer du es heutzutage nennst?"

Samantha lächelte.

"Wenn ich sein will. Oder wenn jemand meine Hilfe braucht."

"Du rufst diese Hilfe an?" Fragte Rachel und hob die Stirn.

"Natürlich tue ich das. Hast du gesehen, wie viel diese Leute gekommen sind?"

Rachel fühlte sich plötzlich schüchtern.

"Warst du ... ähm ..."

"Mach weiter. Frag einfach. Ich werde nicht beißen."

Rachel holte tief Luft.

"Hast du darüber nachgedacht, mir oder Roger eines dieser Dinge anzutun? War das die ganze Zeit der Plan? Will Roger von einer Leine verwöhnt werden? Will er mir zusehen, wie ich mit einer Frau Oralsex mache?"

"Das sind die großen Fragen, oder?"

"Wirst du mir eine Antwort geben?"

Samantha machte eine lange dramatische Pause, als sie an dem frisch gepressten Saft nippte.

"Die Antwort ist diese", antwortete Samantha. "Ihr Mann hat keine Ahnung, was er will. Er weiß, dass er ein besseres Sexleben will. Er weiß, dass er nicht jede Woche Sex mit einer emotionslosen Frau haben will."

"Roger hat mich eine emotionslose Frau genannt?" Fragte Rachel mit verletzten Gefühlen.

"Nicht in diesen Worten. Aber so wie er sein Sexualleben beschrieben hat, könntest du genauso gut emotionslos sein."

"Also, was glaubst du, will Roger? Damit ich unterwürfig bin wie die Frauen in deinen Videos?"

"Vielleicht. Dafür war diese Reise gedacht. Leider hat er auf sich selbst aufgepasst und ich kann ihm nicht helfen. Aber zum Glück bist du hier."

"Betrügst du mich?"

"Nein, ist er nicht. Ich kann sagen, dass er es nicht tut. Aber er ist kurz davor, es zu tun. Der Sex, den Sie anbieten, ist für einen Mann wie ihn unangemessen."

"Das muss ich tun?" Fragte Rachel.

"Tu, was ich dir sage. Zieh dich an, wie ich es dir befohlen habe. Saug seinen Schwanz, wie ich es dir beigebracht habe. Tatsächlich erwarte ich, dass du ihm jeden Morgen vor der Arbeit einen Blowjob gibst und wieder, wenn er nach Hause kommt. Keine Ausreden." nicht zu ".

Rachel nickte.

"Ich kann das machen."

"Aber es gibt noch mehr zu lernen. Oralsex löst nicht alles, ob Sie es glauben oder nicht."

"Und was ist das?"

Samantha warf ihm einen schlauen Blick zu.

"Wir müssen es nach dem Frühstück herausfinden."

KAPITEL 12

Es lag eine spürbare Spannung in der Luft, als Rachel Samantha in ein privates Zimmer in der Villa folgte.

Das Zimmer hatte schlichte Wände und einfache Möbel.

Es gab ein kleines Bett, nur zwei Fuß hoch.

Das Bett war einfach bedeckt, keine Decken oder Kissen, nur ein Laken.

"Verschwenden wir keine Zeit", sagte Samantha. "Ihr Mann will eine unterwürfige Frau. Tief im Inneren sehnen Sie sich nach einer dominanten sexuellen Figur."

"Ich bin völlig anderer Meinung", sagte Rachel fest.

"Oh?"

"Ich glaube nicht, dass Roger mich so will. Und ich habe sicherlich meine Grenzen. Ich hatte immer das Gefühl, dass eine richtige Beziehung auf Gleichheit basiert."

"Auch beim Sex?"

"Ja."

Samantha leckte sich die Lippen.

"Sie müssen heute viel lernen."

"Ich werde offen sein für das, was Sie vorschlagen."

Samantha nickte.

"Ich habe dich aus einem bestimmten Grund hierher gebracht. Dies ist ein Raum für Anfänger. Du bist noch nicht bereit für den Bondage-Raum."

"Klingt einschüchternd."

"Auf eine gute Weise einschüchternd. Aber jetzt werden wir uns mit diesem Raum zufrieden geben, weil es nach einer Katastrophe leicht zu reinigen ist."

"Was soll das bedeuten?" Fragte Rachel.

"Es bedeutet, dass ich dich kommen lassen werde. Auf die richtige Weise. Ich werde dir zeigen, wie sich ein echter Orgasmus anfühlt."

"Samantha, ich schätze alles, was du für mich tust, aber ich denke wirklich nicht, dass es notwendig ist."

"Natürlich tue ich das", antwortete Samantha fest. "Du kannst nicht wirklich unterwürfig werden, wenn du nicht die Freuden davon gespürt hast. Wir werden langsam anfangen. Ich werde dir einen neuen Lebensstil ermöglichen."

Rachel war beeindruckt von dem Wort Lebensstil.

Die Dinge sollten interessanter werden.

Und er war neugierig zu wissen, wohin die Dinge gingen.

"Gut", antwortete sie. "Ich werde nicht streiten. Ich werde mich nicht beschweren. Ich werde tun, was Sie fragen."

"Ich möchte deinen Hintern sehen. Ich möchte, dass du von der Taille abwärts nackt bist. Dann leg dich auf das Bett. Halte deine Füße auf dem Boden."

Rachel war besorgt über die Anfrage.

Aber sie tat es trotzdem, da sie gesagt hatte, sie würde es tun, ohne zu streiten.

Sie zog alles aus, ließ ihren Hintern frei und legte ihre Kleidung vorsichtig auf das Bett.

Jetzt stand sie mit ihrem mäßig behaarten Busch Samantha ausgesetzt.

Dann legte er sich mit den Füßen noch auf dem Boden auf das kleine Bett.

"Du musst dich später rasieren", sagte Samantha und sah auf die Schamhaare.

"Meinem Mann gefällt es."

"Rasiere dich heute. Mach dir keine Sorgen, es wird nachwachsen."

Rachel verdrehte die Augen.

"Offensichtlich."

"Jetzt spreize deine Beine. Weit."

Rachel tat es.

Sie spreizte ihre Beine und gab Samantha einen klaren Blick auf ihre Muschi.

Sie fühlte sich unsicher, als sie einer schönen jungen Frau ihre reife Muschi zeigte, aber sie vermutete, dass dahinter ein Zweck steckte.

"Jetzt glücklich?"

"Schöne Muschi", schätzte Samantha. "Es ist niedlich."

"Wirst du da stehen und es dir ansehen?"

"Natürlich nicht. Wenn es dir nichts ausmacht, werde ich deine Beine ans Bett binden, bevor ich dich kommen lasse. Entspann dich, ich verspreche dir, dass du es genießen wirst."

Samantha griff unter das Bett nach etwas und zog ein Seil heraus, mit dem sie Rachels Knöchel an gegenüberliegenden Pfosten auf dem Bett festband.

Er hat alles mit fachmännischer Präzision gemacht.

Es war klar, dass Samantha eine Expertin für Seile und Bondage war.

Als er fertig war, waren Rachels Beine im Adlerstil gespreizt, gefesselt und ihre Muschi war weit offen.

Ein lautes Summen hallte durch den Raum.

"Was zum Teufel ist das?" Fragte Rachel und sah Samantha an.

Samantha hielt ein großes vibrierendes Sexspielzeug hoch, das aussah und klang wie ein Elektrowerkzeug.

Das Gerät hatte ein vibrierendes Oberteil, das die Klitoris einer Frau stimulieren sollte.

"Das wird dein Leben zum Besseren verändern. Jetzt entspann dich."

Rachel lag mit großen Augen auf dem Bett.

Das Ding kam zwischen ihre Beine.

Samantha sah aus, als würde sie einen medizinischen Eingriff mit dem starken Vibrationsgerät durchführen.

Das vibrierende Oberteil rückte näher an die freiliegende Muschi heran.

Der starke Vibrator berührte die Spitze von Rachels Kitzler.

"Aaahhh !!!!" Die reife Hausfrau schrie vor Schmerz.

Samantha zog sich für einen Moment zurück.

"Entspann dich. Entspann dich, Schatz. Entspann dich einfach, während ich auf dich aufpasse."

Die starke Vibration wurde in die Klitoris zurückgebracht.

Rachel schrie erneut.

Er hätte Samantha bitten können aufzuhören.

Sie hätte sich setzen und Samantha schieben können.

Sie hätte kämpfen können.

Aber sie tat es nicht.

Rachel legte sich einfach zurück auf das Bett und nahm die intensive Stimulation auf.

Obwohl es schmerzhaft war, gab es auch einen kleinen Anflug von Vergnügen.

Das Vergnügen wuchs und wuchs.

Rachel fuhr mit der Angst fort, versuchte aber, ihren Körper zu entspannen.

Sie akzeptierte das starke Gefühl.

Seine Beine zuckten und kämpften gegen das Seil, aber nein, das war nutzlos.

Seine Beine konnten sich nicht bewegen.

Die Empfindung in seinem Körper war in Konflikt.

Sie wollte widerstehen, aber sie wollte auch zulassen, dass die Gefühle fließen.

Sie stöhnte und zitterte weiter auf dem Bett.

Samantha drückte ihre Handfläche über den Körper der Hausfrau.

Dann drückte er das vibrierende Sexgerät fest gegen ihre Klitoris.

Die Stimulation war unwirklich.

Die reife Hausfrau schrie vor Qual und Vergnügen.

Seine Beine kämpften mit aller Kraft gegen das Seil.

Es war eine verlorene Schlacht.

Als Samantha zwei Finger in ihre Muschi steckte, kam Rachel heraus.

Sie rannte und rannte.

Sie spritzte und spritzte ihre Säfte.

Es war ein nasser Orgasmus, der überall ein echtes Chaos verursachte.

Rachels Rücken krümmte sich heftig.

Seine Zehen kräuselten sich.

Er machte seltsame Gesichter, die für eine Weile fast nicht wiederzuerkennen waren.

Dann wurde sein Körper völlig schlaff.

Samantha schaltete das Gerät aus und lächelte bei ihrer Arbeit.

Er senkte das Gerät und löste die Knöchel der Hausfrau.

Er setzte sich auf das Bett und rieb sich Rachels Haare, als er bemerkte, wie schön sie aussah.

"Kämpfe noch nicht ums Reden", sagte Samantha und rieb sich immer noch Rachels Haare. "Entspann dich einfach. Genieße deine Glückseligkeit. Ich bin sicher, deine Klitoris muss jetzt weh tun."

Rachel nickte.

"Ja."

"Ruhe dich aus. Lass deine Klitoris heilen. Wir werden das Training später heute fortsetzen."

Samantha beugte sich vor, um Rachel auf die Stirn zu küssen, dann auf die Wange, dann auf die Lippen.

KAPITEL 13

Die Zeit verging langsam.

Sie aßen zusammen zu Mittag und sprachen über normale Dinge.

Eine Freundschaft wuchs zwischen ihnen.

Das Thema Sex war nicht wieder aufgetaucht, und Rachels Kitzler hatte genug Zeit, um sich von dem Vibrationsangriff zu heilen.

Rachel machte am Nachmittag ein Nickerchen und als sie aufwachte, lag ein wunderschönes schwarzes Kleid auf ihrem Bett.

Ein Paar hochhackige Schuhe lag ebenfalls auf dem Bett.

Auf der Oberseite des Kleides befand sich eine handschriftliche Notiz.

Die Notiz lautete:

„Nimm eine gute lange Dusche. Dann trage dein Make-up auf, wie ich es dir beigebracht habe. Und dann zieh das Kleid und die Absätze mit nichts anderem darunter an.

Wir werden uns unten um sechs Uhr nachmittags im Sklavenraum treffen. Die Tür wird entriegelt ".

Die Notiz wurde von Samantha unterschrieben.

Ein Kribbeln wuchs zwischen ihren Beinen.

Rachel stand auf und duschte.

Sie trocknete sich ab und betrachtete ihr nacktes Spiegelbild im Spiegel, bevor sie sich schminkte.

Sie trug jedes kosmetische Produkt genau so auf, wie Samantha es ihr beigebracht hatte.

Rachel zog das Kleid vor dem Schlafzimmerspiegel an.

Das Kleid war elegant und sexy.

Sie staunte über ihr Spiegelbild.

Sie schien eine ganz andere Frau zu sein.

***

Er kam genau um sechs Uhr nachmittags die Treppe herunter und ging dann den Flur hinunter.

Es war leicht zu erkennen, wo sich der Sklavenraum befand.

Es war der einzige Raum in der Villa, in dem die Tür immer geschlossen war.

Jetzt war die Tür offen und er schien sie anzurufen.

Der Bondage-Raum schien im Vergleich zum Rest des Hauses langweilig.

Es war ein mittelgroßer Raum ohne Wert.

Es gab einige Tische und Stühle.

Es gab andere interessant aussehende Gegenstände, wie ein Seil, das von der Decke baumelte, und seltsam aussehende Geräte, die grob aussahen.

Rachel ging ins Zimmer und ließ ihre Augen über sich schweifen.

Die Vorfreude wuchs.

"War es das, was du erwartet hast?" Sagte Samanthas Stimme von hinten.

Rachel drehte sich um und sah Samantha in einem roten Lederkorsett und schwarzen Stiefeln.

Sie zeigte ihre straffen Arme und Beine und ihr Haar wurde zurückgezogen.

Sie war wie eine echte Domina gekleidet.

Samantha schloss dann die Tür.

"Ich hatte ein bisschen länger gehofft, um ehrlich zu sein", sagte Rachel und versteckte ihre Nerven.

"Die meisten Leute erwarten mehr von meinem Bondage-Raum. Aber ich bevorzuge Einfachheit. Ich mag dieses Element der Überraschung."

"Was meinen Sie?"

"Ich mag es, dass die Leute diesen Raum unterschätzen", lächelte Samantha. "Außerdem ist es unerheblich, welche Art von Spielzeug und Geräten verwendet wird. Es ist die Bereitschaft, sich zu unterwerfen, und die dominierende Macht über das Unterwürfige, die eine gute erotische BDSM-Beziehung ausmacht. Nicht das Spielzeug."

Rachels Hände deuteten auf den Raum.

"Doch hier sind wir."

"Versteh mich nicht falsch", sagte Samantha und ging zur Haushälterin. "Ich liebe es, Spielzeug zu benutzen. Und ich liebe auch Saiten. Sie stärken meine Macht über Unterwürfige in vielerlei Hinsicht."

"Was wirst du mir tun?"

Samanthas Augen sahen die Hausfrau von oben bis unten an.

"Ich habe vergessen zu erwähnen, wie schön du in diesem Kleid aussiehst. Es passt perfekt zu dir und zeigt all deine Kurven. Und dein Make-up, ich bin beeindruckt. Du lernst schnell."

"Danke. Du siehst ... ähm ... attraktiv in diesem Outfit aus."

"Ich versuche immer mein Bestes zu geben."

"Also, was wirst du mit mir machen?" Fragte Rachel erneut, fast verzweifelt zu wissen.

Samantha trat vor und legte ihre Lippen an das Ohr der Hausfrau.

"Ich werde dich fesseln", sagte Samantha leise. "Dann werde ich dich immer und immer wieder kommen lassen. Du gehörst deinem Ehemann. Aber heute Nacht gehörst du mir. Deine Muschi gehört mir. Und deine Orgasmen auch mir."

Rachels Augen weiteten sich.

"Oh. Ich ... äh ..."

"Ich nehme an, Roger hat dich nie gefesselt."

"Noch nie."

"Perfekt. Ich liebe es, jemandes erster zu sein. Sei still."

Rachel blieb schüchtern in ihrem teuren Kleid stehen, als sie sah, wie Samantha ein Gerät an der Wand drehte.

Das Seil, das von der Decke hing, senkte sich zu Rachel.

"Wirst du mich damit fesseln?" Fragte Rachel.

"Gibt es ein Problem?"

Rachel schüttelte nervös den Kopf.

"Nicht."

"Gut. Jetzt gib mir deine Puppen."

Samantha benutzte das weiche Seil und band gekonnt Rachels Handgelenke fest.

Der Knoten war eng.

Rachels Hände waren gebunden.

Er leistete keinen Widerstand.

Nachdem sie das Seil gebunden hatte, ging Samantha zurück zur Wand und drehte das Gerät in die entgegengesetzte Richtung.

Dies führte dazu, dass sich Rachels Hände über ihren Kopf erhoben.

Nichts zu schmerzhaft, aber genug, um Rachel davon abzuhalten, sich zu bewegen.

"Gemütlich?" Fragte Samantha mit einem halben Lächeln.

Rachel zitterte fast, als sie mit gefesselten Händen über dem Kopf stand.

"Meine Handgelenke tun weh."

"Es tut weh, weil du kämpfst. Entspann dich. Gib dich mir."

Samantha öffnete eine nahe gelegene Schublade und suchte hinein.

Er zog ein Messer heraus und ging langsam mit einem bösen Lächeln zu Rachel, wobei er mit dem scharfen Gegenstand winkte.

"Oh mein Gott!" Rachel schnappte ängstlich nach Luft und dachte, dass etwas Schreckliches passieren würde. "Bitte nicht! Mein Gott! Mein Gott!"

"Sei nicht albern. Ich werde dich nicht verletzen. Nun, nicht der schlechte Weg."

Samantha trug das Messer oben auf Rachels Kleid.

Dann schnitt sie ab und teilte das Kleid in zwei Hälften.

Samantha stellte das Messer auf einen Tisch in der Nähe, teilte dann die Oberseite des Kleides und legte Rachels zwei runde Brüste frei.

"Jetzt siehst du aus wie eine echte Hure", lächelte Samantha. "Versautes Make-up, hübsches Haar, teure Absätze und ein zerrissenes Kleid, das deine alten schlaffen Titten freilegt. Alle Anzeichen einer Hure. Stimmst du nicht zu?"

Rachel nickte nervös.

"Ja."

"Ich halte mich immer an die Vier-Zoll-Regel. Sag mir, wie groß ist der Penis deines Mannes?"

"Ungefähr vier Zoll", gab Rachel zu.

"Roger ist fünf Zoll lang, also füge ich weitere vier Zoll hinzu. Das sind insgesamt neun Zoll."

Samantha öffnete eine weitere Schublade, um einen 8-Zoll-Dildo aufzunehmen.

Sie sah ihn an und staunte über die Größe.

Dann legte sie einen Riemen um ihren Schritt und zog den 10-Zoll-Dildo an.

"Wirst du das in mich stecken?" Fragte Rachel nervös.

"Ich werde dich damit verarschen", antwortete Samantha und schmierte das Sexobjekt. "Hattest du jemals Sex im Stehen?"

"Nicht."

"Noch ein erstes Mal."

Samantha stand vor Rachel.

Sie standen sich gegenüber, nur Zentimeter voneinander entfernt.

Samantha war sicher und ruhig.

Rachel war ein nervöses Wrack.

Die sexuelle Spannung lag in der Luft.

Samantha beugte sich vor und gab Rachel einen großen Kuss auf die Lippen.

Anfangs war es glatt.

Dann leidenschaftlicher.

Dann wurde es rauer.

Samantha biss sanft auf Rachels Unterlippe.

Dann küssten sie sich weiter mit ihren Zungen.

Während sie sich küssten, senkte Samantha ihre Hände und hob Rachels Kleid.

Dann führte er die Spitze des Gürtels zu Rachels Lippen.

Rachel spreizte im Stehen die Beine.

Der Dildo zielte auf ihre Muschi.

"Ich werde dich jetzt durchdringen", flüsterte Samantha in Rachels Ohr.

"Sei sanft."

"Nein", flüsterte Samantha.

Als die beiden Frauen miteinander verwoben blieben, gab Samantha einen harten Stoß und trat in Rachels Muschi ein, was ein hörbares Keuchen verursachte.

Samantha gab einen weiteren Stoß und ging tiefer.

Das Sexobjekt wurde immer tiefer.

An einem Punkt war das 9-Zoll-Sexobjekt vollständig in ihrer Muschi vergraben.

Rachel stöhnte und ihre Beine schlugen um sich.

Samantha zeigte ihre körperliche Stärke, indem sie beide Oberschenkel von Rachel in der Luft fest umklammerte.

Rachel war völlig vom Boden abgehoben, ihre Hände baumelten am Seil an der Decke.

Ihre Füße und Fersen schlugen wild um sich, während Samantha ihre Beine hielt.

"Kämpfe nicht", sagte Samantha und hielt die Hausfrau in der Luft. "Je mehr du kämpfst, desto mehr wird es weh tun. Gib dich mir hin."

Samantha lehnte sich zurück und gab einen weiteren harten Stoß, wobei sie den Dildo tiefer in ihre Muschi drückte.

Samanthas Hände hielten Rachels Beine fest im Griff.

Rachel hing mitten in der Luft, als die Domina in sie eindrang.

Sie fickten.

Sie sahen sich in die Augen.

Rachel weinte und stöhnte.

Aber sie hat Samantha nie gesagt, sie soll aufhören.

Sie wagte es nicht, aber sie wollte es nicht.

Es war Teil des Trainings und er begann sich angenehm zu fühlen, als sein Körper sich an die Größe anpasste.

Ihr Haar war zerzaust, ebenso wie ihre Füße.

Sie mochte es, von Samantha gefickt zu werden.

Sein Körper brannte.

Rachels Handgelenke schmerzten.

Die Haut um ihre Handgelenke färbte sich tiefrot, als ihr Körper in der Luft hing.

Aber der Schmerz in ihren Handgelenken war nichts im Vergleich zu dem Gefühl, das ihre Muschi fühlte.

Das große Sexspielzeug stimulierte die Nerven in ihrer Muschi, von denen sie nie wusste, dass sie existieren.

Die Stöße gingen weiter.

Sie schrie und schrie.

Sie weinte und weinte.

Sie stöhnte und stöhnte.

"Komm für mich", sagte Samantha und sah die Hausfrau mit Vergnügen an. "Komm für mich, du dreckige alte Hure."

Rachel schob ihre Hüften hoch.

"Ich bin nicht alt!"

Ein Orgasmus riss durch ihren Körper.

Rachel schrie lauthals.

Sein Rücken krümmte sich heftig.

Sie warf die hochhackigen Schuhe auf die andere Seite des Raumes.

Die Flüssigkeiten aus Rachels Muschi spritzten überall und hinterließen einen ernsthaften Job für die Putzfrau.

Als der Orgasmus nachließ, rollten Rachels Augen zurück und ihr Körper entspannte sich.

Samantha ließ ihre Umarmung los und Rachel baumelte in einem fast schwachen Zustand am Seil um ihre Handgelenke.

Samantha senkte das Seil und Rachels halbbewusster Körper lag auf dem Boden in einem Pool ihrer eigenen heißen Säfte.

Als Rachel die Augen öffnen konnte, sah sie, wie Samantha ihr Korsett auszog und völlig nackt wurde.

Rachel konnte nicht anders, als Samanthas perfekten nackten Körper zu beneiden.

Samantha saß auf dem Boden und spielte mit Rachels Haaren.

"Roger hat das Glück, eine Orgasmus-Hure wie dich zu haben", lächelte Samantha völlig nackt.

"Ich bin noch nie so gekommen. Niemals."

"Ich bin froh, dass ich dir dafür hätte dienen können. Aber denk dran, ich bin die Domina, du bist die Unterwürfige. Das ist zu meinem Vergnügen, nicht zu deinem. Und bis jetzt bin ich noch nicht gekommen."

Rachel hob eine Augenbraue.

"Woran denkst du?"

"Hast du jemals eine Muschi gegessen?"

"Nicht."

"Was für eine Jungfrau du in allem bist. Krieche auf mich zu. Lege dein Gesicht zwischen meine Beine."

Rachel tat, was ihr befohlen wurde.

Er kroch, bis sein Gesicht nur noch wenige Zentimeter von ihrer Muschi entfernt war.

"Küss meine Lippen", befahl Samantha und bezog sich auf ihre eigene Vagina. "Ich liebe es geküsst zu werden."

Rachel gab nach und küsste die äußere Schicht von Samanthas glatt rasierter Muschi.

"Leck es wie einen Lutscher. Dann steck deine Zunge hinein, als hättest du seit Tagen nichts mehr gegessen."

Rachel folgte den Anweisungen, leckte ihre Muschi und probierte die äußeren Flüssigkeiten.

Seine Zunge fühlte jeden Punkt ihrer Lippen.

Dann steckte er seine Zunge hinein, leckte und saugte.

Es war das erste Mal, dass sie eine Muschi gegessen hatte und sie fand, dass sie gut schmeckte.

"Das ist in Ordnung", stöhnte Samantha. "Weiter so. Leck weiter wie ein gutes Kätzchen."

Die Hausfrau, einst zurückhaltend, primitiv und ordentlich, war schnell zu einer erfahrenen Pussy-Esserin geworden.

Sie leckte und saugte begeistert.

Seine Zunge streichelte auf und ab.

Augenblicke später kam Samantha gerannt und stieß einen hohen Schrei aus.

Seine Beine zitterten, dann entspannte er sich.

Samanthas Augen leuchteten auf.

"Mein Gott. Wer wusste, dass du es so natürlich machen kannst?"

Rachel lächelte und legte ihren Kopf auf Samanthas Oberschenkel.

"Du weißt gut".

"Also denkst du?" Fragte Samantha rhetorisch.

Rachel küsste den Oberschenkel der Domina.

"Ja."

Die beiden Frauen setzten ihren Moment des gegenseitigen Trostes fort.

Rachel schloss die Augen und lehnte ihren Kopf zurück auf den Oberschenkel der Domina.

Samantha sah die schöne Hausfrau an und strich sich über die Haare.

KAPITEL 14

Tage später.

Nachdem Rachel ihr Gepäck abgeholt hatte, schob sie einen Wagen mit zwei Koffern hinein: einen mit ihrer normalen Kleidung und den anderen, den Samantha ihr gegeben hatte.

Sie sah ihren Mann draußen warten.

Ein breites Lächeln wurde erwidert.

Roger war froh, seine Frau so gut gebräunt und entspannt zu sehen.

Er rannte zu Rachel.

Sie stoppte den Wagen und umarmte ihn fest und erstickend.

Es war ein besonderer Moment.

Sie wollte, dass dieser Tag ein neuer Anfang für ihre Ehe war.

"Ich habe dich so sehr vermisst", sagte Roger.

Rachel legte ihre Lippen an sein Ohr und flüsterte: "Du wirst mich nach Hause bringen und mich an das Bett im Zimmer binden. Dann wirst du deinen Schwanz in meinen Hals schieben. Und dann wirst du mich ficken. Verstanden?"

Er trat ein wenig zurück, um seine Frau genauer anzusehen, erstaunt über ihre schmutzige Sprache.

In Rachels Augen war ein besonderer Schimmer.

Ein Hunger

Eine Lust.

Roger erkannte, dass seine Frau eine andere Frau war.

Roger nickte und nahm die Einladung an.

Rachel lächelte und gab ihm einen Kuss.

ENDE

Don't miss out!

Visit the website below and you can sign up to receive emails whenever Erika Sanders publishes a new book. There's no charge and no obligation.

https://books2read.com/r/B-A-IGGS-AYLNC

BOOKS 2 READ

Connecting independent readers to independent writers.